*A ti, porque algún día te convertirás
en ese padre maravilloso que sueñas ser.*

Alicia Acosta

*A mi amigo Javier Pizarro.
A mi madre. Ella me enseñó que los niños
también podían jugar con muñecas.*

Luis Amavisca

Para mis adorables amores: Rachid, Jonas y Léna.

Amélie Graux

ÉGALITÈ

La muñeca de Lucas
Colección Egalité

© del texto: Alicia Acosta y Luis Amavisca, 2021
© de las ilustraciones: Amélie Graux, 2021
© de la edición: NubeOcho, 2021
www.nubeocho.com · info@nubeocho.com

Primera edición: marzo 2021
ISBN: 978-84-18133-39-8
Depósito Legal: M-31700-2020

Impreso en Portugal.

La muñeca de Lucas

Alicia Acosta & Luis Amavisca
Amélie Graux

nubeOCHO

Lucas deseaba tener una muñeca con todas sus fuerzas.

La pidió por Navidad, en su cumple, ¡hasta rompió su hucha para echar monedas en la fuente de los deseos!

Su mejor amiga, Ana, tenía una muy bonita.
Le gustaba peinar sus trenzas azules.

A veces, Lucas jugaba con la muñeca de Ana.
Él le prestaba su camión y ella a él su muñeca.

¡Qué bien lo pasaban!

Un día, mamá y papá le dieron a Lucas
una caja con un lazo enorme.

Y cuando la abrió...

¡Su deseo se había cumplido!

Era una muñeca preciosa, tenía unos
enormes ojos verdes y el pelo rojo.

A Lucas le gustó tanto su regalo que
corrió a jugar con Ana.

Eva, una compañera del colegio, se acercó.

—Lucas, ¿qué haces? ¿Estás jugando a las mamás? —le preguntó.

—No —respondió él sonriendo—, juego a los papás.

—¡Es verdad! —dijo Eva—. ¿Puedo jugar yo también?

De repente, apareció Teo y le quitó
la muñeca a Lucas.

—¡Devuélvemela! —gritó él.

Teo no le hizo caso. Empezó a apretarle
la cabeza a la muñeca y su cara se hinchó
como un balón.

Parecía que iba a estallar. Hasta que...

Lucas abrazó su muñeca, llorando.

—No te preocupes, la querremos
igual —dijeron Ana y Eva.

Teo se sintió fatal. Él no quería
que la muñeca se rompiera.

Unos días después, Teo volvió al parque.
Estaba solo. Llevaba su pelota bajo
el brazo y una cajita en la mano.

—Hola —dijo Teo.

Lucas se puso muy serio y escondió su muñeca.

—Lucas, ¿me perdonas? —preguntó Teo—. Tengo
una cosa para ti...

—¡Seguro que quieres reírte de mí otra vez! —dijo Lucas.

Pero cuando Lucas abrió la pequeña caja,
se sintió el niño más feliz del universo.

—¡Un parche! ¡Gracias, Teo!

Esa tarde Ana, Eva, Teo y Lucas jugaron
al escondite, al fútbol y a las cocinitas.

Por supuesto,
también jugaron a las muñecas...

¡¡¡A LAS MUÑECAS